RENTAL

GIRLFRIEND

Reiji Miyajima

10
Inhalt

Vielleicht noch Leute an seinem Arbeitsplatz.
Was?
Kazu-kun arbeitet?
In 'nem Karaoke-Laden in Nerima, seit Januar.
Wusst ich gar nicht...
Karaoke-Laden?
In Nerima?
Danke! Bis bald!
Hö? Ah ja, bis dann...
Was war das denn?
Hoffent-lich hab ich nichts Falsches gesagt...
WAP
Ach, egal!
Ist nur Kazuya!
Drauf geschissen!

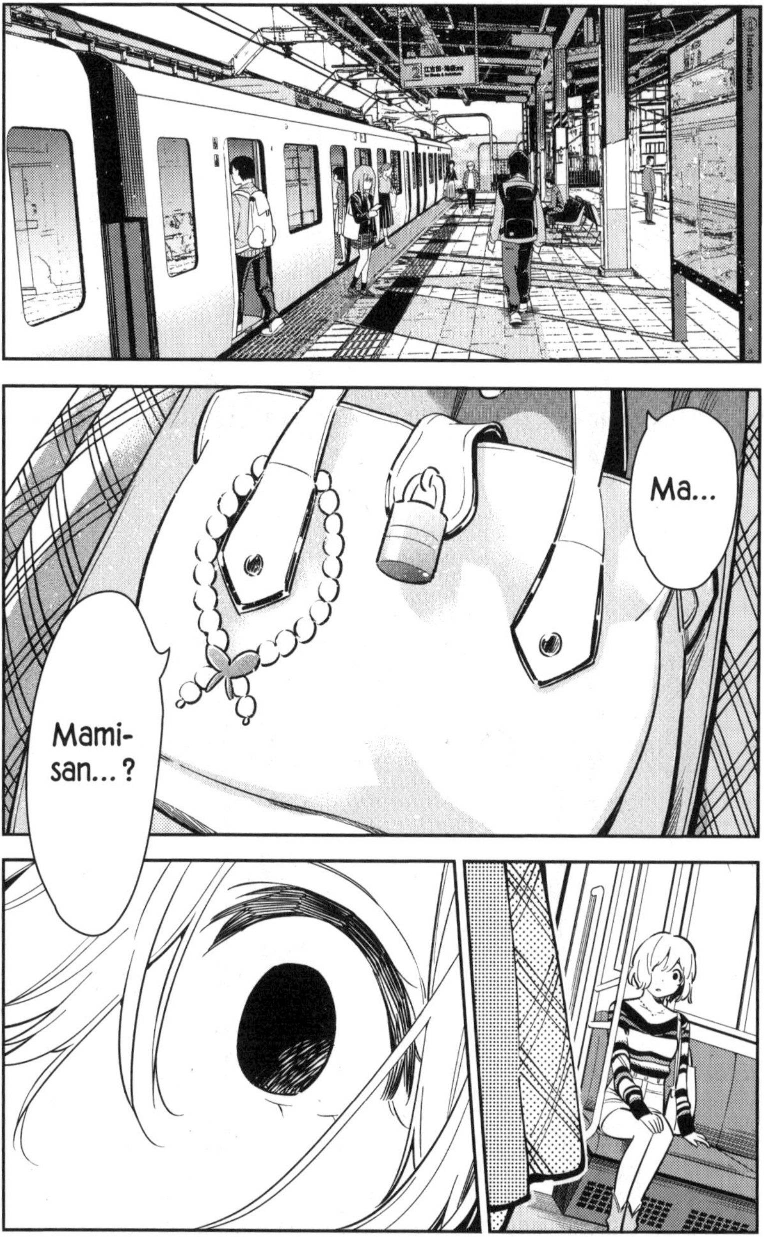

Ma...

Mami-san...?

Mami-san...?

Sternchen Nr. 77 Die Ex und die Freundin ④

La...

Lange nicht gesehen.

SMILE

Setz dich!

PLOM

BZZ

...

MÖÖÖP

Ich hatte in Nerima zu tun...

Wo steigst du aus?

In Ikebukuro.

Ach?! Ich auch!

N... Nein, ich hatte auch hier zu tun.

Verdammt...

Und du?

Wohnst du in der Gegend?

...

Schön!

Hübsche Tasche übrigens.

Äh...

Frühlings-kollektion von CoCo?

Gerade gekauft?

Hm?

Hab sie schon länger.

Nein...

Anfang April?

Wann gekauft?

Ende?

Aaah...

Wenn dir was gefällt, musst du zuschlagen, bevor es weg ist.

Aah...

Ähm...

Eher Anfang...

?

?

Sorry ...

Hihi...

?

Das ist
irgend-
wie...

... ein
wenig
komisch.

...

Ich fahr mit JR* weiter.

Und du?

Ich bleib hier...

* Japan Railways

Ja...

Na dann...

Man sieht sich!

Ah, okay...

...

Bis bald!

HYUP

Eine Frage noch!

Trefft ihr euch noch?

Du und Kazuya?

...

Das widert mich echt an...

... ein kleines bisschen.

Doch eins sag ich dir...

Mit dem Pärchenspiel ist jetzt Schluss.

Was wird Mami-san denken...

... wenn sie uns so sieht?

BLINZ

...

Ah...

Gut!

Also...

Zufall
...

Das war nur Zufall.

HYUP

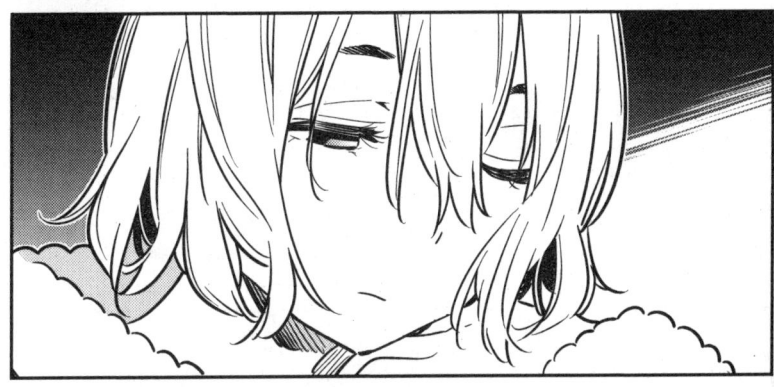

Hatte sie sie vergessen? Vergisst eine Frau ihre Handtasche?

Der Kaufzeitpunkt passt auch.

Sie war bei ihm, als ich da war!

Nein...

Kein Zweifel...

Diese Tasche... das war ihre.

Das sieht nicht nach 'ner Mietbeziehung aus.

Wie ich's auch dreh und wende!...

Fährt er etwa zweigleisig?

Offenbar weiß sie von Mizuhara...

Nur, welche Rolle spielt dann diese Tussi?

Gibt sich zwar als seine Freundin aus...

...

Kazuya Kinoshita
@jrvbwr34bhcmdlO x

jrvbwr34bhcmdlO x
Gesperrt

...a Kinoshita
Entsperren
KLICK
Abbrechen

Mal seine Follower checken ...

SST

YOSHIKI

Account
ver-
schlüs-
selt...

Mist...

Ruka
@sara_gatangoton
Ich mag alles, was Spaß macht

Rare Fish Collection
@fish_fish

!

Nagomi Weinladen
@kinoshita_sakeshop
Ich bin Nagomi und 77 Jahre alt. Ich führe unseren Laden in zweiter Generation und liebe Sake. Meine Themen: Wein, Familie und neuerdings auch die Freundin meines Enkels. Folgt mir!

【公式】PAHA(パ...
@paha.jp

Fami-
lie...

So-
so...

Hm...

Außer uns
beiden,
Kazuya
und seiner
Familie...

Hm...

Folgen KLICK

...

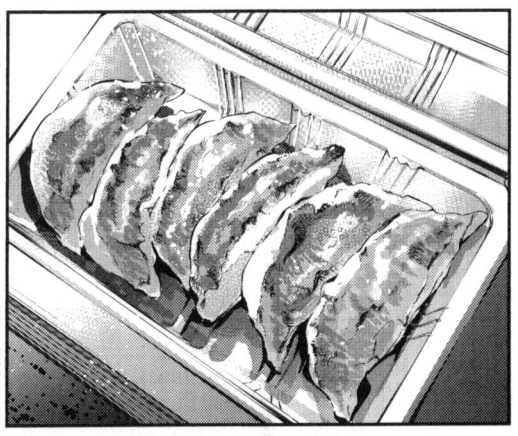

Hör auf, ihm nachzulaufen!

Du bist abgemeldet!

LÜ LÜ LÜ

LÜ

Ruka-chan
Line Anruf

LÜ

LÜ

LÜ

Haa...

Und dann...

Und dann sagt Haruka: »Was machst'n da?«

ZAPPEL

FLUFFI FLUFFI

KICHER KICHER

Und ich so: »Das siehste doch!«

...

Haha ...

Echt? MAMPF

Äh...

Nö...

Was?

Kazuya-kun? Ist was mit dir?

?

Tut mir leid wegen neulich.

Hab ich nicht drüber nachgedacht.

Na ja, das mit deiner Ex, sie ist ja auch deine Uni-Freundin ...

Ich war so wütend ...

Hab fiese Dinge gesagt.

Sieh an...

Sie macht sich Gedanken.

Fur' HD voice
Ruka-chan
14:32

Ruka-chan...

... ist sowieso am Ende.

Das Verhältnis mit Mami-chan...

Ist schon okay.

Ach...

Für mich jedenfalls.

Wahrscheinlich weinst du ihm nach!

Oder warum bist du hier aufgeploppt?!

Sie weint mir keine Träne nach...

Da ist nichts mehr.

Allerdings lagst du falsch.

?

Ich glaub...

... jetzt hasst sie mich wirklich.

Aber ...

Aber dank dir ...

... komm ich drüber hinweg.

Hahaha

...

Achte auf die Wort-wahl!

Aber ich sag doch...

Hab dir grad 'n süßes Selfie geschickt.

Ich werd nicht zulas-sen, dass du traurig bist!

Sei beru-higt...

GYUP

Wie auch immer...

Gut, dass Ruka-chan wieder in der Spur ist.

Äh...

Na ja...

Ich hab noch zwei Stunden Zeit...

Wollen wir nicht auf den PC um-schalten?

Nagomi Weinladen

Nagomi Weinladen
@kinoshita_sakeshop

Tweets Tweets und Antworten Medien

★ Mami

@kinoshita_sakeshop
Hallo, ich interessiere mich auch
für Wein und möchte Ihnen folgen 😊
Freue mich schon auf spannende
Tweets über Ihren Enkel ♪😊

💬 🔁 ♡ ⅲ

🔁 Retweeten

KLICK

Tweet gesendet

Schlürf

Mann, bin ich aufgeregt...

BABUM
BABUM
BABUM

Ist schon lang her...

TOSHIMA

19
20
Mizuhara frei

Am 20. Mai passt's...

... hat sie gesagt.

27
28

Hat sie zwar noch nie gesagt...

Ich hab dich lieb...

Aber sobald sie auf Charme umschaltet...

Bei der Arbeit

... wird es schön.

Die Miet-Freun-dinnen-Falle

In voller Blüte

Nein!

Bloß das nicht!

★ Nachwuchs

上厨師

峯西语精

綾菜ヒカ

秋買 佳乃

Nanu ?!

Wo ist sie?! Sie ist weg!

STANDARD DE LUXE

Puh!

Sie ist nur aufgestie- gen!

Standard de luxe

Zutiefst gerührt

Kann ja nicht ewig Nachwuchs bleiben!

Uooooh

Neues Profilbild

Logisch, ist ja auch schon übern Jahr dabei...

... tu's nur für sie!

Ich ...

Frag- wür- dige Ent- schlos- senheit

Upps, aber mit der neuen Klasse ist auch der Preis gestie- gen!

Was soll's, diese 1000 mehr pro Stunde...

Das ist sie mir wert...

Getrüb- tes Geld- gefühl

BLING
BLING

SCHLUCK

1000 Yen?

Halt...
1000
Yen...

ZZT

... lieber doch ein bisschen sparsamer sein?

Sollt ich nicht...

BABUM
BABUM

... obwohl kein Familientreffen ansteht.

Pure Verschwendung

Dates bisher

Alter!

Ich zahl 'ne teure Gebühr ...

Haben Sie spezielle Wünsche, fragen Sie einfach!

Manche lassen sich sogar bekochen.

Auf einschlägigen Websites gelesen

Vielleicht wär's das, ein ausgefallener Wunsch...

Chef und Angestellte

Café, shoppen, Aquarium ...

Außerdem ist es immer dasselbe...

Harmonie vorprogrammiert.

Zwar bin ich in ihrer Nähe glücklich, aber...

Wer ist hier ein Paar?!

Selbstbetrug

Als Paar sollten wir raus aus diesem Trott!

Sicher hat Mizuhara es satt, mit mir immer dieselbe Nummer abzuspulen!

Und was heißt das jetzt konkret?

!

So isses!

Genau!

TAK

...

BOYS MAGAZINE

Ich hab's getan!

Fuck...

Am Tag des Dates ...

Aber in Wahrheit ist sie bestimmt genervt.

Ihre Line-Message klang zwar ermutigend...

100 Pro

Ach Scheiße!

Das geht eindeutig zu weit!

Oh Mann, ich bin echt bescheuert!

Ob sie überhaupt kommt?!

Hatte schon in der Schule nie Glück...

Aargh!

Sorry...

Hab mich eben mal was getraut!

Aargh!

Kibe

Hähä...

Ich hab schon 'nen Freund...

Nein...

Ich bereue nichts!

GYUP

Will doch jeder!

Nur einmal im Leben diese Erfahrung machen...

BABUM

Ah...

Da bist du ja!

Vielleicht sollten wir uns einen ruhigeren Ort aussuchen.

Eeeh...

(ohne Bedeutung)

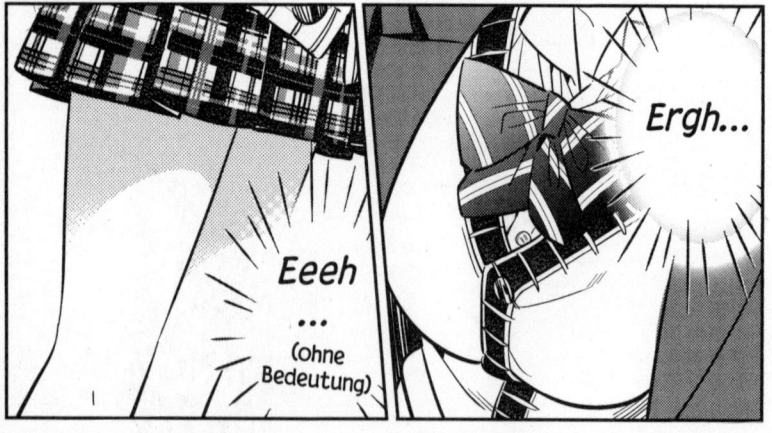

Eeeh ...

(ohne Bedeutung)

Ergh...

D... Du bist ja so entspannt!

Hä?

BABUM
BABUM
SCHLUCK
SCHLUCK

Och, ich hatte schon mehrere Dates in Schuluniform.

Funkelt so schön.

E... Echt?

Also gar nicht genervt und so.

Gehen wir...

Öh...

HYUP

N... Na ja, ich dachte...

Allerdings, dass du nun auch...

Nur er nicht.

3

Verdammte Perverslinge...

Wie auch immer...

Es hat begonnen...

...

Wenigstens sieht es nicht nach Mietbeziehung aus.

Das ist
Tokyo Dome
City...

Selbst an
Werktagen
voll.

FLUFF

FLUFF

Schwänzen
die alle?

Na ja,
wenn sie Spaß
haben...

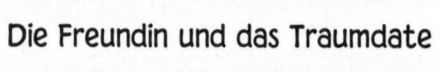

Er-wischt!

Ich?!

Was starrst du mich eigentlich die ganze Zeit so an?

Härgl!

(Fistel-stimme)

Was machen wir?

Du wolltest, dass ich das anzieh.

Wenn du jetzt sagst, ich seh komisch aus, werd ich stinkig.

Nein...

Steht dir prima!

...

Danke für die Blumen!

Aber keineswegs!

Komisch... Tss...

Oh
Shit
...

Vielleicht
war diese
Uniformidee
doch ein
Fehler.

Schauen
wir mal
auf den
Plan.

Das war
ernst
gemeint.

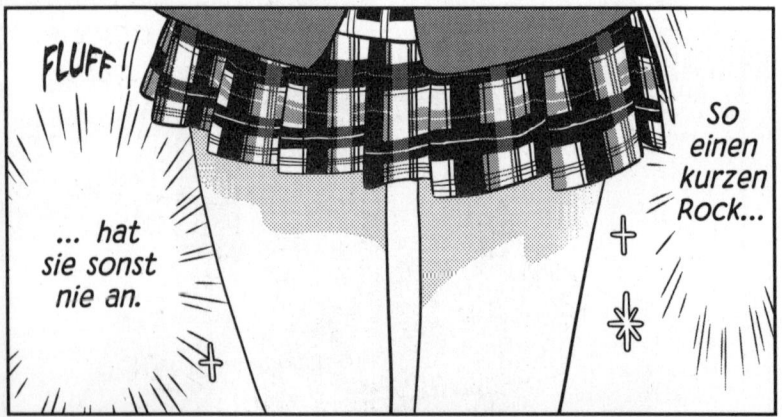

FLUFF

... hat
sie sonst
nie an.

So
einen
kurzen
Rock...

BLING

Dazu
ihr langes
Haar ...

Es
passt
einfach
alles!

DONG

Wie ihre
»inneren
Werte«
darin zur
Geltung
kommen!

Und in
dem en-
gen Blazer
kann sie
nichts
verste-
cken.

DING

BABUM

BABUM

FLUFF

FLUFF

FLUFF

Jawoll!

Kleiner Spazier-gang?

Was ist? Gehen wir weiter?

Warum so förmlich?

Wie vom Lehrer zusammen-gestaucht

ZACK

Ich muss mich zusammen-reißen.

Oh Junge ...

Das ist sicher!

Heute ist sie nur meine »Freun-din«...

Ohne Omatref-fen...

Hab ja noch den ganzen Tag mit ihr...

... als stink-normaler Kunde.

Und trotz erhöhtem Tarif...

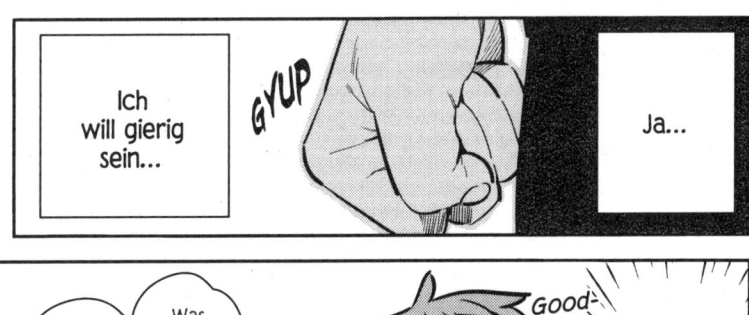

Ich will gierig sein...

GYUP

Ja...

Komm schon!

Was machst du da?

Hallo Jugend!

Goodbye altes Leben...

Mir meine verlorene Jugend zurückholen!

Siegerpose oder was?

Hier und heute!

!

HYUP

Es war die Hölle! Seither will ich auch 'ne Freundin zum Händchenhalten!

So früh schon beim Thema?

Ona-nie...

Radio ...

Ärger ...

Kleines Wortspiel zur Ablenkung?

Als ich mal mit ein paar Jungs hier war, waren wir umringt von Händchen haltenden Pärchen...

Panik

...

Pikiert

Da ich aber auch nie Nein gesagt hab, ist es ziemlich eindeutig, dass ich drauf steh.

Übertreib es nicht.

Doch nie hab ich Mizuhara dazu aufgefordert.

Es war immer sie.

Die Pupille traut sich wieder raus.

BLINZ

Heh!

Zieh doch nicht so!

GYUP

RUBB RUBB RUBB
RUBB RUBB RUBB
RUBB

Ts...

Gaah, ich schäm mich so!

Ah, sorry ...

Ich komm ja schon mit.

Wenn die wüssten...

So was hätt ich in der Jugend auch gern gehabt.

Der Kerl ist zu beneiden.

Wenn auch etwas blass...

Ein Gewinnertyp.

Süß, von welcher Schule ist die denn?

Auf der Schule in meiner Nachbarschaft war mal so eine.

Meine
Jugend
...

... hat
eben erst
begonnen.

?

RSCH

Nächs-
tes
Ziel...

RSCH

Im
Smart-
phone
notiert.

Okay,
Schritt 1
ist getan.

*BABUM
BABUM*

Mein
Herz
schlägt
bis zum
Hals.

Und
meine Hände
schwitzen.

SPANISCHE DONUTS
CHURRO
HOUSE
チュロスのお店

Richtig! Essen teilen!

Mit angesagten Churros.

Einmal mit Mizuhara Füttern spielen, das wär der Hit!

Und du hast Sahne am Mund.

Nicht so hastig, sonst wirst du noch dick.

BUM BUM BUM BUM BU

Das ist auch so'n (lang ersehntes) Pärchending.

Einen Schoko-Churro bitte...

Dann für mich Schoko!

Was darf's sein?

Wo wir schon mal hier sind...

Okay ...

Hast du Hunger?

Hey, sie haben auch Tee mit Tapioka*-Perlen!

W...

Wollen wir Churros essen?

*eine Stärke

Och
...

Ich brauch nichts.

Und du?

War es nicht seine Idee?

...

Klar!

Iss nur, iss...

Ist das okay, wenn nur ich...?

Toll gemacht!

Und jetzt?!

Kann wohl kaum noch sagen, sie soll mir 'nen Happen abgeben!

Ich Idiot!

FÜÜÜT

(Kann nicht pfeifen)

FÜÜÜT

KICHER KICHER

Sag aaah ...

...

... mal abbeißen?

Willst du...

Hat sie mich etwa durchschaut?

Was?

...

BLINZ

Ganz
schön
nah!

If nikf
(Es ist
nichts).

Lecker!

MUNTSCH

Jetzt ich
wieder...

Süß...

Süß!

MAMPF MAMPF

Lecker!

Mmh ...

Haha, was?!

Ich glaub, ich kauf noch einen.

Ich könnt sterben!

Hier und jetzt!

...

Okay, nächster Schritt...

TSCHK

Und?

Was ist jetzt dran?

Du hast doch mehr vor, oder?

SSʏ

?

...

Ich hab nichts dagegen, wenn sich jemand Gedanken macht...

Wenn jemand einen Date-Plan schmiedet.

Du musst nichts verbergen.

Ich bin aufgeflogen!

Sie weiß alles.

Also, halt dich nicht zurück.

Heute ist unser Tag.

Mizuhara...!

Wenn sie's schon sagt...

... wär ich schön blöd, wenn ich mich zurückhalten würd.

Ein Profi...

... durch und durch.

Uff

... das wird ein unvergessliches Date!

Okay...

Roboter-gang

Hm?

BZZZ

S...
Sumi-
chan!

Sumi Sakurasawas heutige Kombi

Großes Kragenband im Puppenstil

Adrettes Schürzenkleid

Stoff robust, aber elegant ♡

· Privat unterwegs, daher im Fancy Look nach persönlichem Geschmack

Schicke Schuhe und nicht zu kindisch

Schnell
...

Hey!

Wa
...?!

Was
denn?!
Was
denn?!

ZERR

SWAP

...

KLIMPER ♥

ZZZ

Scht!

Da!

?

Ui...

Sumi-chan!

Beim Shopping.

Wenn sie uns so sieht! In Schuluniform!

Aber warum verstecken?

SCHEPPER ZOSCH RÖTE

Aber, aber!

Aaah!

Wer weiß, was das auslösen würde.

Wahrscheinlich wär's ihr sogar peinlicher als uns...

Oh ja...

Wär etwas peinlich

Ich glaub, hier sind wir sicher.

Ein Glück ...

Wir sind im Gamecenter gelandet.

Vielleicht als Geschenk für ihren Vater...

Sah aus, als ob sie nach einem Männerhut suchte.

Die Fotokabine!

Denn das ist Schritt 3 meines Plans...

Und...

... der wichtigste Schritt des Plans!

Denn...

Ahhaha
Wie schreck-lich!
Hehehe
Hihihi

Ein absolutes Muss bei einem Date in Schuluni-form!

Die heilige Stätte moderner Pärchen! Das Symbol für Jugend!

BL

AM

Es gibt ein Souvenir!

MuMuy by Sugar-forever-04 ☆

TDC

VICTORY

HURRA

VERNASCHT

Good Time

VERNASCHT

HURRA

TDC

Prints über server@rok.jp

Übrigens, das Popcorn ist immer gut...

... in so 'nem Gamecenter.

ZZZ...

Ich hab noch kein Foto von uns beiden.

Das wär's! Wenn ich sie mir auch noch zu Hause ansehen könnt!

ZZZ...

He he...

L... Lust auf Fotokabine?

Blut

Ich will es!

Unbedingt!

So leicht?!

Bei 'ner Mietfreundin immer.

Okay...

Ganz schön beklemmend, so allein mit ihr in dieser Stille!

Mh... nö...

Und? Hast du einen bestimmten Wunsch?

Zack, und plötzlich sind wir völlig abgekapselt vom Trubel!

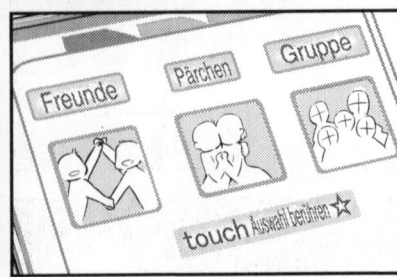

Freunde

Pärchen

Gruppe

touch Auswahl berühren ☆

Wählt euer Programm!

So ein gnadenloser Apparat!

Was soll ich denn nur wählen? Mit Sumi-chan hatte ich »Pärchen« gedrückt und musste sie umarmen...

GYUP

»Freunde« wäre wohl am sichersten...

Ergh...

...

Argh ...

3...
2...

BABUM

?

Pärchen

PIP

TSCHP

Jetzt sind wir ein Paar...

Keine falsche Scham.

Formt ein Herz mit euren Händen!

Ein Traum wird wahr!

Warum so schüchtern?!

Äh...

S... Stimmt!

Öh...

Als Nächstes die Hand-in-Hand-Pose!

KLACK

Für dieses Grinsen wird er sich hassen.

Und nun Schulter an Schulter!

Ein Lächeln, wie es nicht mal seine Eltern von ihm kennen.

KLACK

Wie ihr Haar duftet!

Oh Gott...

Weit entfernt von einem normalen Lächeln.

GYUP

KVACK

Das lieben wir!

Umarmen!

?!

Jetzt umarmt euch!

Schluck...

HYUP

SCHWITZ

SCHWITZ

V... Von vorn?!

Hier geht's mehr zur Sache als beim Date mit Sumi-chan...

Böser Apparat!

Na
los!

Achtung, Aufnahme!

Und es fühlt sich so echt an!

Sie ist die, die sie immer ist, aber sie tut Dinge, die nur eine Freundin tut!

ХХХХХ

3...

Das ist bloß 'ne Holzpuppe!

Nein, das ist nicht Mizuhara!

2...

Ob sie nicht vielleicht doch sauer ist?!

Ich kann ihr Gesicht nicht sehen!

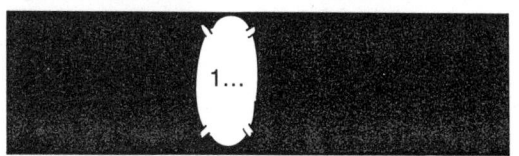

1...

KLACK

Als wär nix passiert ...

Nur ich mach so 'nen Aufstand!

Und zum Schluss...

... einen heißen Kuss!

?!

Und zum Schluss...

... einen heißen Kuss!

?!

Einziges Überbleibsel vom üblichen Date-Outfit

Weiter Kragen (sexy)

Locker sitzende Wohlfühlstrickjacke

Sticker ihrer alten Schule (Asukita High)

Schultasche

Wie von Oma zurechtgelegt

Blazer

Hand in der Tasche für die natürliche Note

Her-aushängender Ärmel

Enger Rock, der unterm Blazer kaum hervortritt

Chizuru Mizuhara in Schuluniform

Knie-strümpfe

Richtige Schultreter (Kazuya trägt wie immer seine Boots)

Nein, nein, nein, nein...

Ich kann das nicht! Ich kann das nicht!

Da! Sie hat auch ein Problem damit!

Etwa »Du musst nicht, wenn du nicht willst«.

Ich muss was sagen, bevor's komisch wird!

Das geht weit über unser Verhältnis hinaus!

Was soll das, heißer Kuss?!

Wenn ich das wüsste, hätte ich keine Probleme!

?

TSSP

Sieh
her!

SST

3...
2...

Öh...

SCHMATZ

5.20

CHIZURU

KAZUMA

UNIFORM-DATE

ススメ

Ein richtiger Fuchs! ♥

Geniale Lösung!

Betet der das Ding an?

Schräger Vogel!

RATTER RATTER

Du siehst aus wie ein Boxer vorm Kampf.

RATTER

Komm schon! Komm schon!

SPUCK die Fotos aus!

!

Ein Traum!

Jetzt kann ich mir Mizuhara jeden Tag ansehen!

SWAP

Na?

Bahnt sich was neues Prickelndes an?!

Was ist?

Sie ist nicht umsonst Mietfreundin.

Da!

?

GWIT

Sie tragen Mizuharas Uniform!

Aha!

Eine Begegnung wäre echt peinlich...

Und sie spielt Cosplay...

Megapeinlich. Auch noch auf meine Bestellung.

Asukita in Bunkyo*...

Kein Zweifel.

Mädchen aus deiner Schule?!

* Stadtteil von Tokyo

Heh...?!

TADAP

Sorry, raus hier!

Sie kommen!

Urks!

Nein!

Nein!

JAMMER

Ist schon okay.

Du siehst irgendwie abgemagert aus.

Tut mir leid um die Bilder.

Was so eine Uniform doch für Probleme mit sich bringen kann...

Ich muss sie mir holen!

Ich will die Fotos!

Das Kind in Kazuyas Kopf

Gaaah, ich will die Bilder!

Gar nichts ist okay, ich könnt sterben vor Frust.

D... Das...

Oh ...

Und wir können uns ausruhen.

Dort wird uns niemand sehen...

Gehen wir da rein?

?

Cool, Schritt 4 meines Traumdate-Plans...

Eine romantische Fahrt im Riesenrad!

Was war das jetzt für'n Foto?

Prima Abschluss für ein Date!

Bitte lächeln!

Riesenrad-gondeln sind die einzigen geschlossenen Räume, die bei Diamond erlaubt sind.

Muss meinen Eltern echt dankbar sein.

Im Internet gefunden.

Jetzt weiß ich, wie teuer so was ist...

Gehört die eigentlich dir?

Die Uniform...

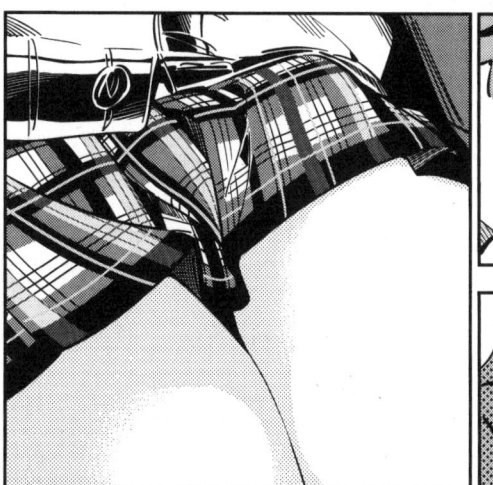

Teuer und scharf...

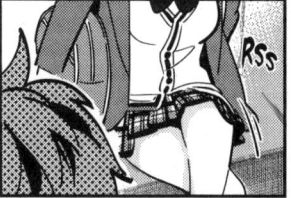

RSs

Uiuiui...

Traum hin, Traum her...

Die Realität ist ganz schön aufreibend!

... und fängt ein Gespräch an.

Sie hat mein Problem erkannt...

Ah...

Echt?

Reißt ein Gespräch ab...

Eigentlich tut sie das schon den ganzen Tag...

Und es hatte 36 Gondeln.

Stell dir vor, das macht 2160 Fahrgäste!

... kommt sie mit 'nem Thema...

... und fängt ein neues an.

Normaler-
weise find
ich das ja
gut...

Aber es
zeigt, was
für'n aus-
gekochter
Profi sie ist.

Was?!
Wo?!

Oh, da
unten läuft
eine Live-
Show.

?

?

Dort ...

Unter uns...

HYUP

Unentspannte Sitzhaltung

Eh?

SST

Was...?

...

Direkt unter uns.

W... Wo?

Ah...

Darf ich?

SST

Urks ...!

Da...

Siehst du's nicht?

... dass ich sie nicht berühr!

Ich muss nur aufpassen...

Der Blickwinkel hat sich wohl verändert.

Ich seh's immer noch nicht...

Eigentlich auch egal, was da unten ist...

ZUCK

Kyaaaah!

RUSCHHH

Kyah!

Heh...

Wah!

DUP

Ieeek!

BA

TSCH

...

BOFF

Ohö
...

Nein,
meine
Schuld
...

Hab
die Balance
verloren.

Sorry
...

Bedingter
Reflex.

Geschlossener
Raum und so.

Was'n Blödsinn!

Noch lang kein Grund, auf sie draufzufallen!

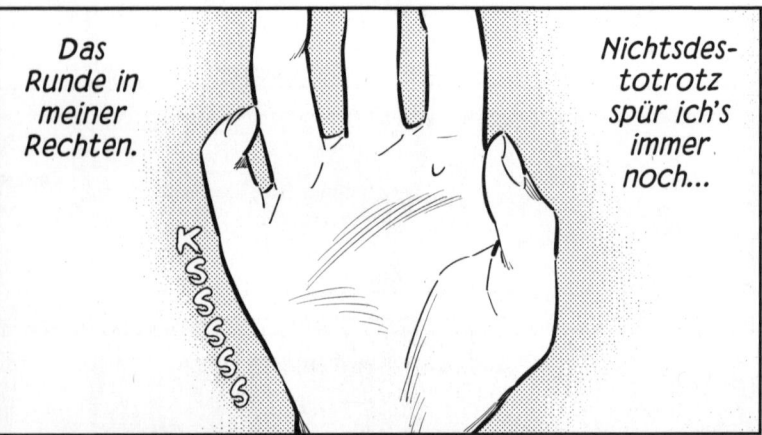

Das Runde in meiner Rechten.

Nichtsdestotrotz spür ich's immer noch...

KSSSSSS

Mo-ment...

Ist das nur Einbildung?

Sie ist nicht mal pikiert!

RSST

?

War schön heute, oder?

Egal, anderes Thema...

Warst du eigentlich schon mal in Gefahr?

Gibt ja genug schräge Typen.

Okay, für dich als Mietfreundin wohl nicht.

Alles tun zu müssen, was der Kunde verlangt.

Überrascht mich.

A... Ah ja?

Bislang hatte ich nur Gentlemen.

Nö...

Und als er es öffnete...

Einer wollte mir mal ein Foto auf seinem Handy zeigen...

!

Also doch?

Aber...

... kam eine eindeutige Seite zum Vorschein.
Ab 18
Das ist übel!
War ich nicht auch zuletzt auf so 'ner Seite?!
Könnt mir auch passie-ren!
KRAMPF
Das war etwas unan-genehm...

Oh...

Muss schlimm gewesen sein.

Und was hast du gemacht?

Ich hab's mir natürlich nicht angesehen.

Na ja, nur kurz.

SEUFZ

Aaaargh!

Und dann hat mich mal einer im Aquarium angemotzt ...

...

Tut mir leid ...

Wie...?

Ich liebe das hier.

Es ist toll...

... allmählich immer redseliger wird.

... wenn ein Kunde, der am Anfang nicht den Mund aufbekommt...

Und dann hörst du, dass er eine Freundin hat.

Mizuhara ...

Das hat mein Job mit dem Schauspiel gemein...

Find ich...

Aber auch die kann Menschen glücklich machen.

Ein schöner Gedanke.

Ich kann ihm zwar nur eine Illusion verkaufen ...

Manchmal jedenfalls.

Nicht
einrosten.

Weiter-
machen
heißt die
Devise...

Egal...

Albernes
Geschwätz
...

Immer
positiv...

Wow!

Der
Tokyo
Dome
von
oben...

Sie ist
großartig
...

Nach
vorn
blickend
...

...

Was
will ich
eigent-
lich?

Stolz
auf ihre
Arbeit...

Und sie
tut, was
sie will.

Ich hab
plötzlich
Lust auf
Melonen-
brot*...

* Süßgebäck

Ha l l ooo!

Das war's...

Gehen wir weiter.

?

Erinnerungsfoto gefällig? Hab ich vor der Fahrt von euch gemacht!

Ein Abzug 1000 Yen!

!

Schön, aber...

1000 Yen...

Gekauft!!!

?!

Ich kauf das Bild!

I...

Aber ...

Willst du noch mehr Geld ausgeben?!

...

Wenn er unbedingt will...

Ein Traum wird wahr!

JAUCHZ

Erinnerungs-foto gefällig?

...

Danke, Tokyo Dome City!

Wie gut, dass ich sie heut gebucht hab!

Die Quali- tät ist besser als in der Foto- kabine! ❤

Ich kann ihr doch nicht sagen, dass ich die ganze Zeit ein Foto von ihr wollte!

Das wär so peinlich!

Ja...

Ich muss dir auch noch was sagen...

Schon ?!

Es wird langsam Zeit für mich.

Ich probe zurzeit mit ihm.

Kurz danach sprach mich ein Produzent an, der es gesehen hatte.

?

Na...

Weißt du noch, neulich das Bühnen- stück?

TOKYO DOME

BRÜLL

!

Echt
?!

So ein
Spinner...

Komm
klar,
Mann!

Nicht
so
laut!

Was
schreit
der so?!

... ist
wieder
auf der
Bühne!

Mizu-
hara...

Ja!

Echt!

Und bitte
ruhig.

...

Das freut mich.

Wann? Wo?

Ich bin dabei!

U... Und?

Nun ist eines wieder auf dem Tisch...

Also dacht ich, ich erzähl's dir.

Wir haben darüber ja schon öfter gesprochen...

Ah ...

Ver-stehe...

Das wolltest du mir sagen...

Daher ist es keine Sache von heut auf morgen.

Allerdings ist es nur eine kleine Bühne, das Stück wird keine hohen Wellen schlagen.

Nämlich, dass ich eventuell als Mietfreundin aufhör.

Oh, sorry...

Au... Nicht so fest...

...

Ist ja nicht so, dass ich einfach verschwinde.

Mach dir keine Sorgen.

Aber weißt du...

Du bist toll!

Hast hart gearbeitet!

?

Ich mach mir keine Sorgen!

Dieses Date war unvergesslich.

Ach, papperlapapp!

Sie hat ein neues Hoch erreicht...

... und strahlt wie ein Stern.

Nämlich ...

... kann ich nur noch an ihre Karriere denken.

... dass ich eventuell als Mietfreundin aufhör.

Schnuckliges Outfit!

Doch jetzt auf dem Heimweg...

Der Typ ist zu beneiden ...

Nichts interessiert mich mehr ...

... als dass sich ihr Traum erfüllt.

Und
ich frag
mich...

... wie
ich dazu
beitragen
kann.

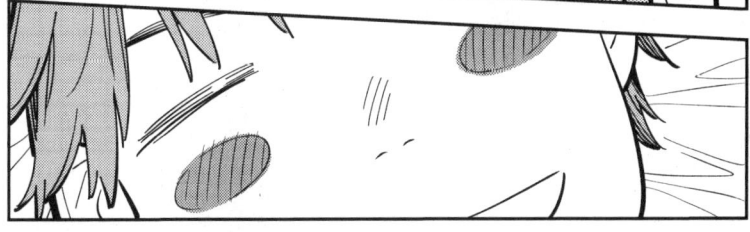

Hehe!

Ich muss es immer wieder ansehen.

Haah...

Wie süß sie ist...

Nur ich seh verkniffen aus.

KRAT KRAT

Dann hab ich auch noch ein Foto davon. Das Date hat sich echt gelohnt.

BZZZ

Mizuhara in Uniform hat sich in mein Hirn gebrannt.

...

Was will ich eigentlich mal machen?

... war auch schön!

Zu hören, dass sie wieder ein Engagement hat...

Schritt für Schritt macht sie ihren Traum wahr.

Oma?

Oma

🟢 LINE Anni

BZZZ
BZZZ

Ob ich mir 'nen Bilder-rahmen besorg?

Sushi? Pizza?

Was meinst du?

Ich weiß nicht, was ich morgen zu deinem Geburtstag machen soll.

Na, du bist aber schnell.

Vielleicht Sushi?

Gut, dann Sushi!

Alles Gute zum 14.

POPP POPP POPP

Happy Birth-day ...

...Kazuya!

Bei meinen Eltern.

Am 1. Juni hab ich Geburtstag, und das wird immer mit einem Essen gefeiert.

Das ist ein Familien-gesetz!

Ganz klar.

In der Pubertät.

Wann ist eigentlich...

... Chizuru-sans Geburtstag?

War's das?

Auflegen?

Eines noch...

?!

Ich bin am Arsch...

Geschenk hab ich auch schon.

Ich hab sie ja erst letztes Jahr kennengelernt und konnte noch nichts für sie tun. Aber dieses Jahr wird sie eine Dame, und da will ich's für sie krachen lassen.

Bei ihrem strahlenden Gemüt könnte sie im Sommer Geburtstag haben.

Nun ja, um ehrlich zu sein...

Sie hatte schon...

Andererseits hat sie auch was Geheimnisvolles, das würde zum Winter passen...

KLACK

Eh... he...

Waaaas?!

BOO OMM

Platzendes Trommel-Fell

Mir nichts vom Geburtstag der Prinzessin zu erzählen!

Warum hast du mir nichts gesagt?!

PATTER

KLOTTER

Du wirst es dir noch vermasseln mit ihr, dann bekommst du nie wieder 'ne Freundin!

Hätt ich bloß nichts gesagt.

Immer verheimlichst du mir was!

Musste ja so kommen...

Schwiegertochter?!

Es ist viel zu früh, das zu...

DING DING

Uaaaaah!

Asche über mein Haupt!

Verzeih mir, Großvater!

Zwei Jahre hintereinander verpasst die Familienälteste den Geburtstag ihrer Schwiegertochter! Eine Katastrophe!

Oh Graus, oh Schmach!

Doppel
...?

?!

Okay
...

Wir feiern einen Doppel-geburts-tag!

Was
?!

Aber
...

Du wirst ihr sofort Bescheid sagen und sie morgen mitbringen!

Gah!

FF

PO

Doch! Ich werd deine Mutter gleich einkaufen schicken!

KLICK

Oma!

Nein!

Ich werde alles vorbereiten.

Das geht nicht!

Aaaaah!

Neiiin!

Nämlich, dass ich eventuell als Mietfreundin aufhör.

Ich kann sie doch nicht schon wieder buchen!

Scheiße, ist das peinlich!

TOCK

ZZ

ZZZZ

...

TA
TA
TA
TA

TSCHAK

Das war Futter für Barsche, das ist für Karpfen nicht...

Wie auch immer!

Würdest du also bitte nicht mit Futter rumwerfen?

Ich halt keine Karpfen auf dem Balkon...

Ab fünf?

Hast du Zeit?

Morgen Abend?

Ja, woher...

Deine Oma?

Ist doch immer deine Oma...

Um diese Zeit...

...

Ich hab ihr gesagt, dass du schon Geburtstag hattest, und jetzt will sie unbedingt deinen mitfeiern!

Morgen ist mein Geburtstag!

S... Sorry...

Hat sich echt zurückgehalten.

Und ich hab mich schon gewundert, dass ich so lang nichts von ihr gehört hab.

So-so...

?

Bedaure.

Sie würd sich sehr freuen...

Also, wär toll, wenn...

Aber...

... Morgen Nachmittag besuch ich meine Oma.

Das steht schon fest, sie hatte eine Untersuchung und...

Nein, fünf Uhr ist schlecht...

Ah...

Ach so...

Entschuldige die Störung.

Okay...

Ich werd ihr das ausrichten.

Dann ist das wohl so, war ja auch etwas plötzlich...

Krankenbesuch geht vor.

Warte,
ich bin noch
nicht fertig
...

?

...

Ab
sechs wär
okay.

Bis dahin
müsst ihr
euch gedul-
den.

Ich
tu das
nicht
für
dich!

Und auch
nur, solang
ich noch
diesen Job
mach.

D...Du
kommst
?!

...

!

TSCHAK

BABUM
BABUM

Haa...

Wie süß...

Das ist nicht die Zeit zum Summen!

Jetzt fall ich ihr schon wieder zur Last!

KLICK

SUMM

SUMM

Hm?
Ruka-chan?

Ruka-chan
@LINE friend

Aber dafür seh ich sie morgen wieder...

Auch nicht schlecht.

BING

POP
POP
POP

Herzlichen Glückwunsch!

6

Linkes Trommel-Fell kaputt.

Logisch, bin ja auch deine Freundin!

Es ist null Uhr, und ich bin die Erste!

Kazuya-kun?

Hallo?

Oh...

Ich kann leider nicht kommen, aber am Sonntag können wir uns den ganzen Tag sehen!

Danke...

Ah, ist es schon so weit?

Oh... oh...

Na, na, na...

Heh...

Ich will aber!

Dein Schlüpper guckt raus!

Ich will auf deinem Geburtstag sein!

Ihre Reaktion fiel dementsprechend aus.

Hab ich ihr nicht gesagt, dass wir uns zu meinem Geburtstag nicht treffen können?

FLOFF

FLOFF

Ich muss doch keine Angst haben, dass Chizuru-san kommt?

Schön, dass du dich mit deiner Familie so gut verstehst!

Ab sechs wär okay.

SCHLUCK

Na?

KLICK

N...
Nein...

Musst du
nicht...

Nur meine Oma
kommt...

Urks!

...

BO

Sie hat's
gerochen!

Oh
Scheiße!

FF

TUUUT

TUUUT

Sie ist stinksauer.

Mist, geht nicht ran...

FLOP

Anrufe TIP

Ruka-chan (3)
LINE App

Wahlwiederholung

TIP TIP

Aber an meinem Geburtstag ist das wohl anders.

Kein Wunder, wenn sie wütend ist.

Auch wenn Oma und Mizuhara sich aus ihrer Sicht treffen dürfen...

FLO FF

Am Sonntag muss ich's wiedergutmachen...

Die einzige Chance.

!

TAP

So, Mizuhara hat die Adresse meiner Eltern...

Bleibt nur noch zu warten.

Nächster Tag...

KLAPP

Huhu!

Gehen wir zu deinen Eltern?

Ge-burts-tag feiern?

SMILE

Böse

○ △ $ % × !?

?

Perlenkette
(wirkt erwachsener)

Für einen Besuch bei den Eltern ihres »Freundes« nicht ganz so freizügig wie sonst.

Wie immer

Ruka Sarashinas heutige Kombi

Weite Ärmel (elegant)

Schlichtes Bändchen (niedlich, aber nicht kindisch)

Achtung: kein Mini-, sondern ein Hosenrock (mit Spitze)

Strümpfe (nackte Beine beim Elternbesuch gehen gar nicht)

Dezentes Braun

Antworte!

Warum bist du hier?!

Wa...

Aber wir wollten uns doch Sonntag treffen!

Da muss ich doch bei deiner Geburtstagsfeier sein.

Ich bin deine Freundin...

Hihi...

Stimmt.

SMILE

PATSCH

Ts...

Ich glaub's nicht!

!

HYUP

TAP TAP

DOOON

Das Haarband ähnelt Hörnern, passt!

Sie weiß es...

Sie weiß, dass Mizuhara kommt.

Hat's durchs Telefon gerochen.

Da kann ich schon verstehen, dass sie es nicht erträgt, wenn Mizuhara eingeladen ist und sie nicht.

Wenn auch nur vorläufig, so ist Ruka-chan doch immerhin meine Freundin.

Tut mir leid ...

Aber das hat meine Oma eingefädelt, sie wollte meinen Geburtstag unbedingt mit Mizuharas zusammen feiern.

Sorry, dass ich nichts gesagt hab...

Ja, Mizuhara kommt heute...

WAP

FLOP

PIP

HYUP

...

Ach ja?

Danke, Kazuya-kun!

Und mach's gut!

Vor allem aber...

Sie überschreitet ihre Grenzen als »Freundin«.

Ich...

Keine liebt dich mehr als ich!

TACK TACK

SST

PIP

Ts...

Da hilft alles Reden nix.

Sie schmollt...

Ich muss sie mitnehmen.

Puh...

Kann
das gut
gehen?

TAP TAP

Leider schon vergeben.

Nett, die Kleine ...

Hui...

Neid!

Viel Holz vor der Hütte.

...

Wir sind da...

HAAHH

BLING

BLING

Ja und vom Laden.

Leben sie von Mieteinnahmen?

Heißt aber nicht, dass sie reich sind.

Ist nicht groß.

Meine Alten bewohnen nur den ersten Stock...

Die anderen sind vermietet.

Wooow

Hoh...

Das ist aber groß!

Vier Stockwerke...

DING DONG

Heh!

ZUP

Bloß nicht einge- hakt blei- ben.

Chizuru kommt später...

War etwas kurzfris- tig.

NICK

N° Abend

Ach, wirklich?

Ich mach auf.

Das fängt ja gut an.

KINOSHITA

Chizu ...

ZUCK

Ah, Ruka- dono* ...

* Höflichkeitsendung

Hmm

mm

War wohl wirklich etwas spontan.

Na ja, Hauptsache, sie kommt noch...

Chizuru-san ist noch nicht dabei? Wie schade!

Schuhe ordentlich hinstellen!

Tretet ein!

Willkommen, Ruka-dono.

In so 'nem frem- den Haus ...

Chizuru-hime* wird froh sein, wenn ihre Freundin hier ist.

Dono ist doof.

Ich möcht auch Hime genannt werden...

* Prinzessin

CHIZURU-SAN

KAZUYA, HERZLICHEN GLÜCKWUNSCH!

CHIZURU-SAN
LOVE

CHIZURU-S...

Ach wie dumm, dann wird das Essen kalt sein!

Wann kommt sie denn?

Um sechs, sagt sie.

Nichts zu ma-chen.

Nein, nein, alles gut.

Gibt es etwas, was du nicht magst, Ruka-san?

Mich haben sie durch-gestri-chen.

War heut nicht eigentlich mein Ge-burtstag?

Tolle Deko...

Die doppelte Menge wie sonst.

So viel Sushi!

DOOOOON

Der Alte schweigt, wie immer.

Kleine Aufmerksamkeit...

Hä'emm...

Was Süßes.

Und die Geburtstagskinder?

Für die hab ich auch was.

Für mich?

?

?!

Ich dachte, der Geburtstag Ihres teuren Enkels...

... ist ein besonderer Tag für Sie alle.

Das wird immer verrückter...

!

So jung und schon so aufmerksam!

Ganz Chizuru-sans Freundin!

Das ist aber zu freundlich...

Was...

Was zieht sie jetzt ab?!

Sag mal ...

Ist alles okay bei dir?!

Halt bloß die Klappe!

Was meinst du damit?

Unsere Geschichte mein ich!

?

Mach nicht so viel Wind!

Du wirst meiner Oma nichts verraten, hörst du?!

Für meine Familie ist Mizuhara meine Freundin!

...

Bitte! Ich bekomm echt ein Problem!

Pff...

... deine Drohungen, dann...

...

Mach dich auf was gefasst...

Das wird ein langer Kampf!

Wenn du sie wahr machst ...

Hast du gar kein Gewissen?!

Ich hab's dir ja gesagt!

Wenn auch erst heute.

Du bist gemein!

Mit Mietfreundin und Familie Geburtstag feiern und mir nichts sagen!

Okay, okay!

Und ihre Freundin bin ich auch nicht, ich spiel niemandem was vor!

Ja!

Etwas leiser bitte!

Das sagte ich.

Ent-spann dich!

Deine Freundin bin *ich*!

Du kannst es deiner Oma nur nicht beichten, weil sie Chizuru-san so gernhat, richtig?

Dann werd ich ja wohl versuchen dürfen, mein Ansehen bei ihr aufzupolieren!

Heh...

Mo... Mo-ment!

GYUP

Solang sie nicht da ist, werd ich die Chance nutzen!

Ich hab gesagt, es wird ein langer Kampf!

... dass mich deine Oma mag!

Ich werd dafür sorgen...

Klar?

Schönen Geburts-tag noch!

!

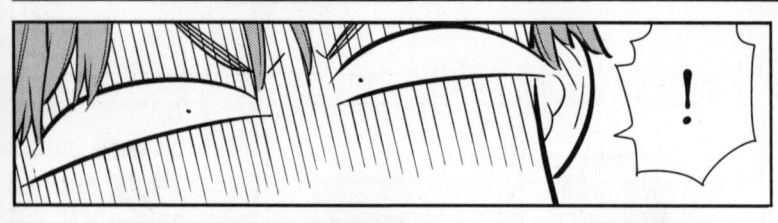

!

Möchtest du Oran-gensaft?

Waah, so ein großes Glas!

Ruka-san, da bist du ja wieder!

Ja, Kazuya-kun hat mir alles gezeigt.

Ich wechsle noch eben das Blumenwasser...

Ist wirklich alles in Ordnung?

Nnnnng...

WUR SCH

Hnnnng...

Mach dir keine Sorgen.

Ja, ja...

SST

Danke!

Klingt nicht überzeugend...

18.00
Itabashi-ku, Oyama-cho
O X - Y Y Y - X X
Sorry und danke!

Haa...

Oh...

Mit Krawatte?

Wäre ja schön, wenn der Junge endlich mal erwachsen wird...

Ein schönes Geschenk, lustig und zweckmäßig!

Haltung, Kazuya!

Haha...

Ist die von dir, Ruka-dono?

Haah

Kazuya!

Haah

Was sagst du dazu?

STÖHN

Hahaha

ernchen Nr. 85 Die Freundin, die Familie und der Kuss ③

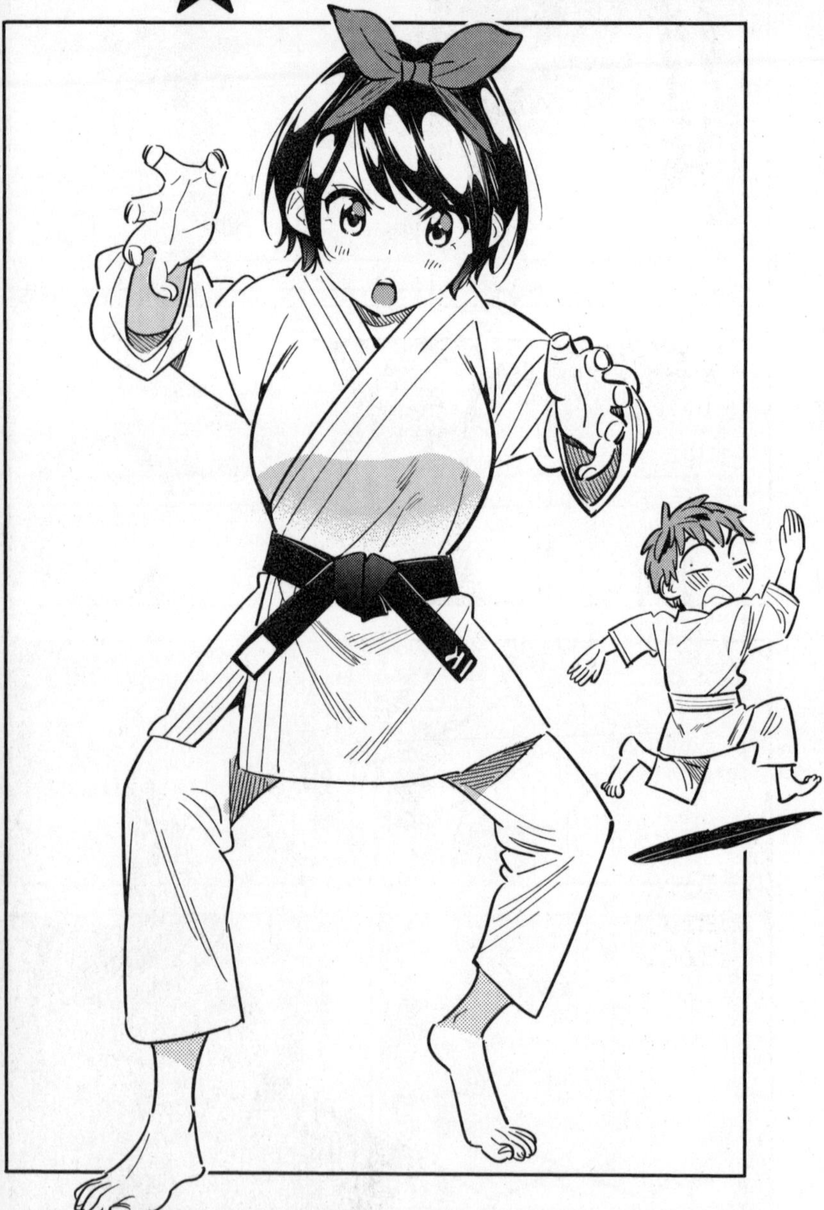

Ent-schuldi-gung!

Upps, der Schaum!

Aber das macht doch nichts!

Bitte sehr!

...

Schönen Ge-burtstag noch!

Klar?

Solang sie nicht da ist, werd ich die Chance nutzen!

Ich hab gesagt, es wird ein lan-ger Kampf!

Toller Geburts-tag!

Danke!

Die Aufmerksame

Ich hole noch was zu trinken.

Die Fürsorgliche

Ich kann gut massieren.

Oh, das ist aber lieb.

Sie spielt die ideale Freundin.

Meine Lieblingssorte!

Noch etwas Sake?

Wie angekündigt nutzt Ruka-chan Mizuharas Abwesenheit aus, um sich beliebt zu machen!

Und in nur einer Stunde hat sie die Herzen gewonnen.

... dass sie ja niemandem was vorspielen würde.

Der Sake erledigt den Rest.

Bewundernswert!

Ich will mal Anwältin werden.

Kein Gedanke mehr daran...

Sie wird doch wohl noch kommen?

Ab sechs wär okay. Bis dahin müsst ihr euch gedulden.

Die Lage bleibt angespannt.

Wo bleibt eigentlich Mizuhara?

Ist schon sechs Uhr durch!

?

Anru-
fen?!

BABUM

!

Wollte
Chizuru-san
nicht schon
hier gewe-
sen sein?

Ruf sie
doch mal
an, Junge.

*Urks, nicht
schon wieder
vor Oma!*

Anrufen,
sagst
du?

Meine
Oma ist
gerade
da.

H...
Hallo!

Ah...
ja...

Du
hast
noch zu
tun?

Ja,
o-
kay.

Siehe Sternchen Nr. ☆

...

Nun
ja...

?

*Er
hat
ihre
Num-
mer?*

Hm...

Gut,
dann...

... geh
ich mal
raus.

Komm
bald
wieder!

Das Display ist schwarz.

Er kann sie nicht haben!

Die private Nummer einer Mietfreundin darf er gar nicht haben!

Haha!

Die Chance meines Lebens!

Chizuru-san ist weder hier...

... noch erreichbar!

BLINZ

Bitte komm!

... ist nur eine Frage der Zeit.

Ob Oma ihrer Offensive erliegt...

Ruka-chan ist echt penetrant!

Puh...

Ich kann sie nur kontaktieren, wenn ich sie zu meinen Line-Buddys hinzufüg.

Chizuru Ichinose

Was ist mit Mizuhara los?!

Langsam mach ich mir Sorgen.

...

Und drinnen steigt die Stimmung...

Hahahaha

Oder nicht?!

Hinzufügen

TATA
TATA
TATA

Soll ich?!

WAP

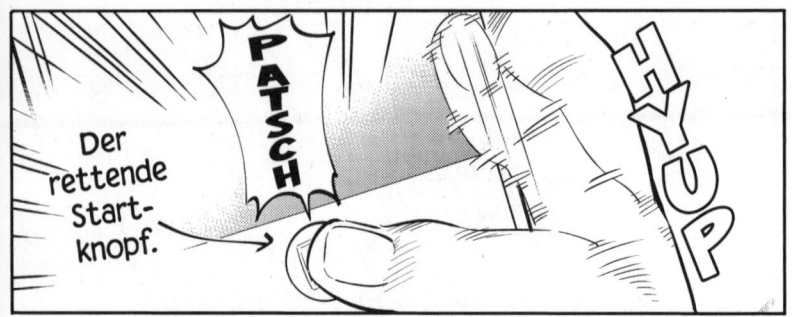

Der rettende Start-knopf.

PATSCH

HYUP

Keine Chance!

Es geht nicht!

Muss beschäftigt sein.

Sie geht nicht ran.

KLACK

»Hi, du bist jetzt meine Line-Freun-din!«

Nee, das kann ich nicht ...

Sie geht nicht ran?

Das ist beunruhigend.

BLING ♥

SCHOCK

Kazuyas Platz →

BÄNG

金将* 歩王**

So fühl ich mich.

Schach dem König!

Dann muss ich wohl umziehen.

Ich wusste gar nicht, dass Ruka-dono ein so aufgewecktes und nettes Wesen ist.

Übrigens ...

Lüge

Ich probier's später noch mal.

Hoffentlich ist ihr nichts passiert.

Ich mach mir wirklich Sorgen.

Ich darf jetzt woanders sitzen?

Weißt du, Ruka-dono hat uns sehr geholfen, daher...

SCHLUCK
!

Ei
→
!

Und ich fühl mich so entspannt neben deiner Oma!

Danke!

Ich bin am Ende!

Schach-matt!

!

Sie war.

Ich hab sie sehr gern-gehabt...

Sie sind ein bisschen wie meine Oma aus Hokkaido...

Oh, sie ist vom Land?

Ruka-dono...

Armes Kind...

Jetzt werd ich sie nie wieder sehen.

...

Doch vorletztes Jahr ist sie gestorben.

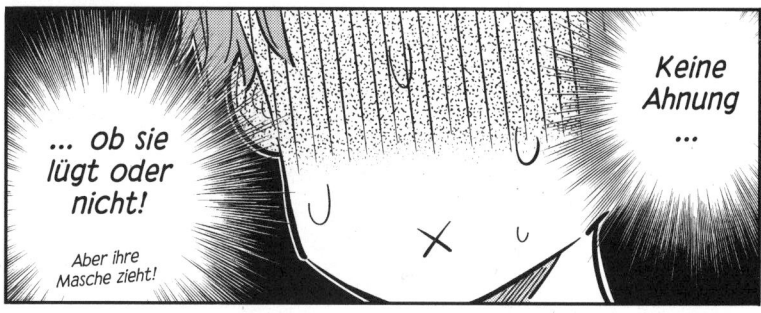

... ob sie lügt oder nicht!

Aber ihre Masche zieht!

Keine Ahnung ...

Auf mich kannst du zählen.

Ich werde deine Ersatzoma ...

Das muss schwer für dich sein...

Dafür kannst du jederzeit zu mir kommen!

Jetzt ist alles aus!

!

... meine richtige Oma sein!

Sie könnten auch...

!

?

WAP

Mmh...

ZUCK

PATSCH

PA

Aua!

Das ... geht zu weit!

Seit wann tust du denn so was?!

Kratz-hand

Was fällt dir ein, Junge?!

Das gehört sich nicht!

Einer Dame den Mund zuzuhalten!

Keine Angst, Ruka-dono...

Sprich dich ruhig aus.

Es ist anders als du denkst!

Aber...

'tschuldige...

Und ich kann nichts machen!

Oh nein!

!

BZZZ
BZZZ

PIP

...

?!

!

SST

F... Für dich, Oma...

Ich geb sie dir...

Hallo?

Ja... okay...

Entschuldigen Sie die Verspätung!

Lange nicht gehört...

Hallo...

Sind Sie's, Kinoshita-san?

Fortsetzung folgt!

Wahrscheinlich bekomme ich nie wieder so viel Platz am Ende, daher werde ich die Gelegenheit für einen Extrabeitrag nutzen, um mich mal wieder zu entschuldigen!

Ich geh auf die Knie!

Ich

Verzeiht mir!

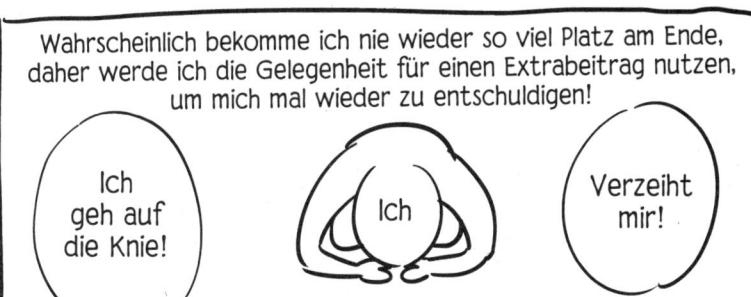

An das Versprechen erinnert sich eh keiner.

Also, hier wie versprochen meine Erklärungen...

SCHLUCK

Sieht aus, als hätte ich ganze sieben Freiseiten zu füllen...

Einige wissen vielleicht, was ich meine.

Etwa in Band 3

Und ich sag jetzt nicht »nicht nur zeichnerische«.

Diese Geschichte hat einige zeichnerische Mängel.

Es ist so...

Ich hatte plötzlich diese Eingabe, es müssten welche mit hohen Absätzen sein, weil es keine anderen gab, als er sie kaufte.

(Hat natürlich null Einfluss auf die Handlung).

Dazu trägt er Boots, die er als Schüler nie angezogen hätte.

Eigentlich sehen sie so aus.

Flach

Im Kern ist er ein blasser Typ, der auf hippen Studenten macht.

Gefärbte Haare

Großes T-Shirt aus Nadelspitze – nur mäßig elegant

Ursprünglich war die Figur Kazuya als jemand gestaltet, der an der Schule nie angesagt war.

Übertrieben stylisches Täschchen

Dreiviertelhose (er denkt, das sei cool)

Das ist manchem bestimmt schon aufgefallen. Wer es blöd findet, dass ich mein Unvermögen auf Stress und Zeitmangel schiebe, kann hier aufhören zu lesen.

Aber auch das habe ich nicht in allen Bildern eingehalten, was der nächste Fehler in dieser Schuhgeschichte ist.

Außerdem sollte Kazuya die obersten Löcher beim Schnüren auslassen, weil ihm das Binden lästig ist.

... wird sich am Anfang auch nicht überhasten, wenn es um Aufbau und Szenendesign geht.

Eingespannt, um den Zufriedenheitsgrad zu erhöhen: Mizuhara.

Zieht alle in ihren Bann.

Es ist doch meistens so: Wer nicht weiß, ob seine Story zu einer Serie auserkoren wird...

Damit ich bloß keine Fehler mache, habe ich sogar nach Musterwohnungen gesucht.

Kamera

PC

Rental Girlfriend bildet da keine Ausnahme. Erst als entschieden war, dass es eine Serie wird, habe ich mich überschlagen und wie ein Blöder Materialien gesammelt.

Dann kam der zweite Band...

Und mir fiel etwas auf...

SCHNATTER

Toll, Habu-san!

BLA

BLA

Und dabei hatten wir viel richtig viel Spaß!

Toll, Naomi Osaka!

Toll, Habu-kun!

Anschließend schufen wir ein Kapitel nach dem anderen...

Die Wohnungen!

Verdammt!

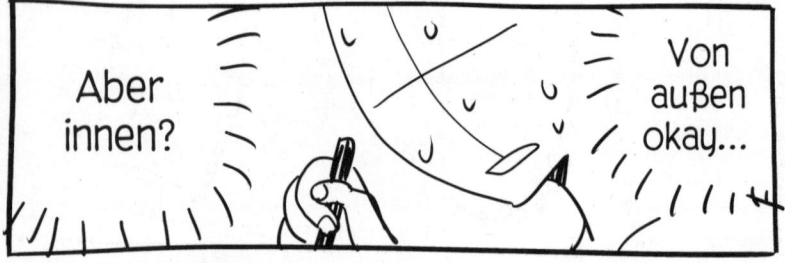

Aber innen?

Von außen okay...

Normalerweise befindet sich in Einzimmerwohnungen die Küche mit im Zimmer.

KAZUYAS WOHNUNG

Sollte hinter diesem Fenster die Küche sein?

Achtung, hier beginnt der Horror für mitfühlende Manga-Zeichner.

Daher gibt es in den Darstellungen feine Unstimmigkeiten.

Für die Außen- und Innenansicht von Kazuyas und Chizurus Wohnung habe ich unterschiedliche Vorlagen benutzt.

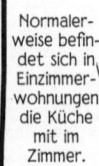

Fleißig gelernt als Student!

Nämlich zu Apartment 202!

Liegt zwar sehr dicht dran, aber die Wände sind ja auch dünn!

Dann die Idee: Das Fenster gehört zur Nachbarwohnung rechts!

Aber halt! In Kapitel 3 ist gleich rechts hinterm Eingang nur eine Wand! Wo soll ich jetzt noch eine Küche einzeichnen?! Höchstens auf der linken Seite, es soll ja Küchen ohne Fenster geben.

Wie hab ich so schnell hierher-gefunden?

Google Maps!

Sieben Seiten reichen als Entschuldigung einfach nicht aus, sorry!

HALT!

RENTAL GIRLFRIEND ist ein japanischer Comic, und in Japan wird von »hinten« nach »vorn« und von rechts nach links gelesen. Man muss diesen Manga also »hinten« aufschlagen und Seite für Seite nach »vorn« weiterblättern. Auch die Bilder auf jeder Seite und die Sprechblasen innerhalb der Bilder werden von rechts oben nach links unten gelesen, so wie in der Grafik gezeigt.

Viel Spaß mit **RENTAL GIRLFRIEND!**

CARLSEN MANGA
Deutsche Ausgabe/German Edition
Carlsen Verlag · Hamburg 2021
Aus dem Japanischen von Jens Ossa
KANOJO, OKARISHIMASU © 2019 Reiji Miyajima. All rights reserved.
First published in Japan in 2019 by Kodansha Ltd., Tokyo
Publication rights for this German edition arranged through Kodansha Ltd.
Redaktion: Philipp Nakata · Textbearbeitung:
Germann Bergmann · Herstellung: Karen Kollmetz
Alle deutschen Rechte vorbehalten.
ISBN: 978-3-551-78740-8

Carlsen Manga! News – jeden Monat neu per E-Mail!
www.carlsenmanga.de | www.carlsen.de

Unser Versprechen für mehr Nachhaltigkeit
- Klimaneutrales Produkt
- Papiere aus nachhaltiger Waldwirtschaft
- Hergestellt in Europa